8

NMK

Enrique Vila-Matas

Ocho entrevistas inventadas

Prólogo de Mario Aznar

H&O

Primera edición: febrero de 2024

Imagen de la cubierta: Enrique Vila-Matas, 1969 (autor desconocido)
Diseño de la colección: Silvio García-Aguirre López-Gay
Maquetación: Fotocomposición gama, sl
Corrección: Guillermo Pérez Ortiz
Impresión: Arteos

ISBN: 978-84-128089-0-2
Depósito legal: B 1424-2024

Historia de una voz
Prólogo de Mario Aznar

Hay una fotografía ligeramente movida en la que se ve a Rudolf Nuréyev, vieja gloria de la danza clásica, sosteniendo en el aire una bofetada, hija a partes iguales de la voluntad y de la inercia. Como la vida misma. El brazo, delgado pero fuerte, nervioso, queda suspendido en lo más alto, como en esas otras muchas imágenes que lo retratan congelado a mitad de un salto magnético. Al otro lado de este fugaz arco narrativo, que comienza con la mano alzada del bailarín, se encuentra Enrique Vila-Matas. Esa fotografía existe en mi cabeza y ahora también en la tuya, *lector ilustre* o *quier plebeyo*. Entre esa imagen y lo que ocurrió realmente en la discoteca Bocaccio de Barcelona, una noche de primavera de 1969, se abre una falla inapreciable.

Entre ambos instantes se da el desplazamiento de la escritura.

Escribió George Steiner que «el genio de la época es el periodismo», que llena cada grieta y cada fisura de nuestra conciencia. Hablaba Steiner de un mundo mediático, pero también, y sobre todo, de un mundo mediado por el lenguaje y las formas discursivas. Steiner hablaba en los años sesenta de *posficción*, mientras que ya en el siglo XXI Albert Chillón introducía el término de *facción* para hacer explícito que todo texto posee cierto grado de ficción al tender un puente discursivo —personal y lingüístico— con el mundo. En este modesto escarceo terminológico se cifra tal vez un cambio de paradigma: del periodismo a la ficción —que llena hoy cada grieta y cada fisura de nuestra conciencia.

La escritura de Vila-Matas coquetea con esa condición facticia a través de un entramado de referencias autobiográficas, históricas y literarias, pero no es hasta 1973 cuando se publica su primera novela, *Mujer en el espejo contemplando el paisaje*. Para entender mejor su papel en este giro, cabe retroceder cinco años, a la época en la que el escritor comienza a colaborar como redactor y crítico de cine en la revista *Fotogramas*, bajo la dirección de Elisenda Nadal. En agosto de 1968, aparece allí el primer texto firmado con su nombre: el artículo «Clint Eastwood o el mito de un rostro impasible». Pero es un poco antes, en el mes de julio, cuando ve la luz la mítica entrevista inventada a Marlon Brando. Con ese texto fundacional, Enrique Vila-Matas —bajo el nombre aún de Mary Holmes, firma apócrifa y comodín habitual en la redacción de la revista— abre este libro y también las puertas de su literatura.

Con apenas veinte años, Vila-Matas renuncia a traducir del inglés la entrevista real —su verdadero cometido— y a través de una particular visión del actor de *El padrino* construye un personaje irreverente, dispuesto a asumir el riesgo de su desaparición y a atreverse a «dejar de ser», como buena parte de los antihéroes de sus novelas posteriores: «Toda la gente con un poco de personalidad, de inteligencia y de dignidad tiene que ser un poco loca», comenta la estrella de Hollywood, y Vila-Matas a través de él en su papel de ventrílocuo literario.

Es en estos años —en *Fotogramas*, pero también en Destino, bajo la *supervisión* de Pere Gimferrer— cuando la ocupación periodística se convierte en un laboratorio de literatura potencial —al modo de OuLiPo— en el que, a través de entrevistas, crónicas, notas de cine, estampas y reportajes, el escritor hace implosionar las convenciones y las constricciones del discurso factual para abrir paso al discurso facticio o incluso abiertamente ficcional.

Su temprana vocación cinéfila tiende cada vez más hacia lo literario. Mientras que en algunas entrevistas modifica, tergiversa o acomoda las respuestas a su gusto —Juan Antonio Bardem o Francisco Rovira Beleta—, en otras acabará inventando sin ningún reparo. Tras haber discutido con Nuréyev la noche anterior —«Confuso. En la barra. Un malentendido. Dos bandos. Empujones. Una bofetada.»— el escritor decide no presentarse en el hotel donde se alojaba el bailarín y en su lugar inventar la entrevista. A propósito de esta pieza, sin duda uno de los ejemplos más brillantes de ventriloquía que aquí se recogen, cuenta el autor que Terenci Moix le preguntó a Manuel Vázquez Montalbán si había leído las barbaridades que decía Nuréyev. Al oír esto, Vila-Matas se ofendió tremendamente, ya dueño absoluto de aquellas palabras. Como en el caso de Brando, se deslizan en la conversación con Nuréyev declaraciones y apuntes que parecen ahora pensamientos en voz alta del propio Vila-Matas, como cuando especula con la posibilidad de desmontar su compostura de hombre-genio y que por un momento el bailarín olvide «su careta, sus poses, sus ficciones».

En el caso de las entrevistas con Cornelius Castoriadis o con Anthony Burgess, Vila-Matas se presentó directamente con la entrevista escrita —algo que, al parecer, el propio Burgess ya había hecho antes. De modo que esas entrevistas no son exactamente invenciones, sino reescrituras a partir de otros diálogos ya existentes. Siguiendo una estrategia similar, aunque *a posteriori*, Vila-Matas decide recurrir a una entrevista previa de Patricia Highsmith aparecida en el diario francés *L'Express* y recrear desde ahí una conversación que nunca tuvo lugar en esos términos, movido en este caso por la actitud antipática y parca en palabras de la escritora.

El Vila-Matas que reconoceremos con posterioridad, aquel que entreteje su voz con la de otros o que elabora sus ficciones desde el ensayismo y la reescritura crítica, relumbra en la segunda entrevista a Marlon Brando —ahora en *Dezine*, en 1980—, donde se permite lanzar una mirada irónica y reincidente —doce años más tarde— hacia el primer encuentro con el actor estadounidense. Los motivos y los procedimientos difieren, pero el resultado es la apertura paulatina a la ficción. Ese recorrido, que el lector puede reconstruir ahora a través de estas páginas, cuenta también la historia de una voz, pues no olvidemos que es en esta época y en estas entrevistas cuando surge el guion entre los apellidos y, simbólicamente, el escritor:

Mary Holmes
Enrique Vila

Vila Mata
E. Vila-Matas
Enrique Vila-Matas

De alguna forma, esta historia del estilo es correlato del desplazamiento que separa cada vez más los hechos de su escritura, y que cuajaría al poco tiempo en el relato de ficción —ahora sí— que abre su primera antología personal: «Recuerdos inventados». Pieza vertebradora de su obra posterior —«auténtica bisagra programática» que reorienta «la narrativa de Vila-Matas hacia la segunda gran etapa de su trayectoria», al decir lúcido y pertinente de Cristian Crusat—, al final del libro se incluye también este texto como estrategia bifronte de cierre y apertura.

La posibilidad misma de inventar un recuerdo evoca, precisamente, el modo en el que Vila-Matas comenzó a admirar y a imitar a Witold Gombrowicz mucho antes de haberlo leído, comportándose tal y como imaginaba que sería el autor de *Ferdydurke*, al que solo conocía por una fotografía publicada en *Quimera*. El propio escritor —feliz *inventor* de sus precursores—

ha comentado en alguna ocasión, como sorprendiéndose a sí mismo, que de esta manera encontró sin darse cuenta su propio estilo mientras creía que copiaba el estilo de otro. El nombre, la voz y el estilo son las huellas con las que un escritor firma ese ligero desfase, esa diferencia o desajuste entre el texto y el mundo a partir del cual se crea algo nuevo: el halo que en una fotografía movida incorpora a la realidad algo que antes no estaba.

«Prefiero sorprenderme a mí mismo. Es una fiesta más íntima. Siempre sale mejor», confiesa Marlon Brando, convertido en un muñeco de madera y trapo, sentado en el regazo de Enrique Vila-Matas, mientras este, sin mover los labios pero emitiendo una leve vibración solo perceptible para quien está muy atento, observa una fotografía movida en la que el bailarín soviético Rudolf Nuréyev levanta el brazo en actitud dramática y parece olvidar su careta, sus poses, sus ficciones. Como recuerda el trágico ventrílocuo de *Una casa para siempre*: «Mi voz ya no era exactamente mi voz; sonaba muy distorsionada, y sus registros se habían hecho más variados». Más variados y más valiosos, cabría añadir. Esa fotografía inexistente, movida por el pulso de quien escribe, es la historia de una voz propia y múltiple, disruptiva y fascinante, cuyos orígenes resuenan en las páginas de este libro.

Mario Aznar

MARLON BRANDO
«Sé que puedo terminar asesinado como los Kennedy o Luther King»

Marlon Brando ha iniciado su nueva actividad de «apóstol de la paz». Echando por la ventana, momentáneamente, más de veinte años de fabulosa carrera, el actor ha decidido dedicarse en alma y cuerpo a la gran batalla contra la guerra, contra las injusticias sociales y las discriminaciones raciales que conmueven su país y el mundo entero.

El gesto de Brando, obviamente, ha despertado vivo estupor en los ambientes artísticos internacionales. Muchos lo han atribuido a su carácter extravagante, a esa pizca de locura que, según algunos, se esconde desde siempre en su cerebro. La línea de conducta de Marlon, sin embargo, por lo menos hasta este momento, se muestra intachable y coherente, desde todos los puntos de vista.

«Busco adictos»

En Nueva York, donde hemos recibido el raro privilegio de hablar con él, Brando ha abierto una oficina que será su cuartel general para la batalla que tan clamorosamente ha emprendido.

—Su decisión de dejar el cine ha sorprendido a la opinión pública de todo el mundo. ¿Puede explicarnos algo?

—Es un asunto terriblemente largo. Complicado. Aterrador, diría. La gente se ha quedado perpleja ante mis propósitos, dicen ustedes los periodistas. Pues bien, este es mi primer éxito en el marco de la nueva línea de vida y de trabajo que me he impuesto. Un montón de dignísimas personas hace desde años aquello que yo he decidido hacer, y el resto de la gente se desentiende. Ni siquiera lo ven. Entonces yo hago unas declaraciones. Soy un divo, un personaje del cine. Y mi gesto no pasa inadvertido. Espero que muchos individuos famosos, mimados por la fortuna y la popularidad, decidan imitarme. Señores, el mundo va mal. Aquí todos lo repiten constantemente, pero luego se quedan quietos. Inútiles. Sin iniciativa. O nos arremangamos y nos ponemos a hacer algo, o mucha suerte y Felices Pascuas. Yo me considero un ciudadano del mundo. El día en que me toque reventar, quiero sentirme tranquilo. Quiero tener la certeza de haber hecho lo posible, según mi capacidad, mis fuerzas y mis limitaciones.

—¿No se trata de una maniobra publicitaria?

—En primer lugar, no soy tan mezquino. Y, en segundo, puedo hacer los films que quiera, cuando quiera y como quiera. Si lo deseara, podría dejarme morir bajo el peso de una montaña de dólares. Rechazo todas las insinuaciones en este sentido, especificando que estas insinuaciones y otras no me turban ni me turbarán lo más mínimo. No me apartarán ni un milímetro del camino que he decidido recorrer.

—¿Qué piensa hacer?

—Cumplir con mi deber. Celebraré conferencias, coloquios. Promoveré iniciativas. Lucharé como un condenado contra la terrible injusticia y estupidez de los hombres. Hay demasiada gente, se lo digo yo, que deserta frívolamente de esta batalla, considerándola perdida desde el principio. Se trata de una coartada muy ambigua. Una excusa infame.

—¿Cómo descubrió en usted todo ese ardor?

—Quienes me conocen bien saben que mi actitud contra el racismo y todas sus secuelas nunca ha sido pasiva. Dedicaba sumas en favor de asociaciones y participaba en manifestaciones.

Misión peligrosa

—Pero no basta con dedicar algún dinero de vez en cuando y hacer de «invitado de honor» en cualquier comicio —continúa Marlon— para tener la sensación de «haber cumplido con nuestra parte». Es preciso salir a las barricadas, llevar la bandera. Diariamente. Solo a través de una lucha constante y el compromiso de todos se puede llegar a la verdadera paz y a la verdadera justicia social.

—En el pasado se le acusó a usted de comunista.

—Un tipo como yo resulta siempre un fastidio para todos. En mi país te acusan de comunista y pretenden haberte clasificado. ¡Pero qué comunismo! Yo estoy a favor de la justicia, de la paz. Este es mi verdadero partido, mi ideal, mi nuevo trabajo.

—El suyo no es un cometido fácil.

—Lo sé. Incluso puedo acabar asesinado. No han hecho cumplidos con los Kennedy, con Martin Luther King. No veo por qué deberían hacerlos con Marlon Brando. No tengo miedo, sin embargo. No me dejaré intimidar por nada ni por nadie. Quisiera que esto quedara bien claro.

—Y nada de cine, ¿absolutamente nada?

—Por el momento he rescindido todos mis compromisos cinematográficos. Creo que podré aceptar únicamente los films que posean un alto contenido social y se relacionen con la lucha que he emprendido. Podré hacer cine todavía, pero esporádicamente, con el único objeto de obtener dinero para emplearlo en lo que ahora prefiero hacer.

—¿Qué hechos han madurado en usted toda esta «sed de justicia»?

—Primero el asesinato de Luther King, después el de Bob Kennedy. Episodios horribles, repulsivos. Una aterradora señal de alarma. Los dos asesinatos han conmovido a todo el mundo. Muy bien, muy bien: duelo y consternación en todo el mundo. ¿Y después? Nada, absolutamente nada. Pasa una semana. Algunos titulares en la prensa. Hermosas fotografías en los periódicos y la televisión. Y todo acaba aquí. Sí, después de unos días la gente empieza a tener bastante, y se archivan Luther King y Bob Kennedy. Se archivan los problemas. Se deduce que nada tiene, después de todo, gran significado. Y el mundo sigue adelante, rodando como una ridícula y grotesca pelota.

—¿No le importa interrumpir su brillante carrera?

—Claro que me importa. Pero en la vida, en un momento determinado, hace falta elegir.

Quiero decir que, si te planteas la alternativa de elegir, debes llegar hasta el fondo. Si el problema no te atañe, mejor para ti. Nadie te impide hacer caso omiso. Pero a mí el problema me afecta profundamente. Y he tenido que actuar. Otras veces no he tenido el valor de hacer mi elección. Pero, si también en esta ocasión me hubiera comportado como un bellaco, habría dejado de existir a mis propios ojos.

Veinte años echados por la ventana

—¿Y sus admiradoras?

—Que vengan a oírme en las plazas, en las fábricas, en las universidades, allí donde se combate y se trabaja por arreglar las cosas. Las admiradoras que permanezcan exclusivamente ligadas a mis asuntos cinematográficos no me interesan.

—Usted ha dedicado más de veinte años al cine. ¿Qué balance puede hacer ahora?

—Veinte años tachados, borrados. Me pesaban. Físicamente, mentalmente, espiritualmente.

Veinte años que han «engordado» todas mis células negativas, mis pensamientos y mis sensaciones más banales y falsas. Veinte años quemados en el altar de la vanidad, de la felicidad personal. Cosas que no cuentan.

—Sus colegas dicen que usted debe de estar «ligeramente» loco.

—Ya, loco. A menudo me han definido así en Hollywood. Toda la gente con un poco de personalidad, de inteligencia y de dignidad tiene que ser, según los de Hollywood, un poco loca. Pero yo he tenido siempre mucho cuidado con mi cerebro y con mi alma. Y esto en Hollywood nunca han podido digerirlo. ¿Mis colegas? Nunca he tenido compañeros ni verdaderos amigos en el ambiente del cine. Todos ellos son personajes mezquinos, que nunca he tomado en consideración.

—¿Cuál es su actitud respecto al amor?

—Todas las veces que me he enamorado he amado. Me parece que no puedo decir más.

—En su vida predominan las mujeres «exóticas». ¿Cómo lo explica?

—Son las mejores. Llenas de sensibilidad, de calor, de poesía. Absolutamente distintas a las «mujeres en serie» producidas por la llamada civilización occidental.

—¿Cuántos hijos tiene?

—Algunos. Los hijos son como las flores en el gran prado del amor.

—¿Es usted un gran actor?

—Cuando interpreto me transformo. Me quema dentro una especie de fuego, una especie de delirio. Y me siento fuerte, feroz como un león. Solo esto. Si soy un buen actor o no es algo que nunca he sabido. Lo siento.

—¿Cuáles son sus aspiraciones más concretas, más urgentes?

—Seguiré adelante en la dirección que me he trazado. Sin volverme atrás, sin distraerme. Lucharé por las cosas en las que creo profundamente. Luchar con fuerza. Hasta que reviente.

—¿Es usted feliz?

—Mis sensaciones me interesan relativamente. Una cosa es trabajar por la propia felicidad, la propia satisfacción, y otra hacerlo por ideales comunes, situados más allá de nuestro egoísmo y de nuestros objetivos personales. Mi felicidad, en el presente, está a millones de años luz de distancia. Pero esto no me preocupa.

—En su último film, *Candy*, en el papel de un santón hindú, ha trabajado con Ewa Aulin. ¿Qué es lo que opina de esta muchacha, que es tal vez el símbolo más actual de la nueva belleza femenina?

—Ewa es una bonita muchacha. Como ella, sin embargo, debe haber dos o trescientas mil.

—¿Cuál es su punto de vista sobre los chicos y chicas de hoy?

—Hay mucha confusión, mucha agitación, mucha desilusión en los jóvenes. Hemos hecho lo imposible para destruir ante sus ojos los mejores ideales, los valores más importantes. Hemos hecho lo imposible para aislarles, para mantener con ellos un perfecto no-diálogo.

—¿Nunca se siente cansado?

—Sí, a veces me siento destrozado. Destruido, acabado. Pero lo más importante no es el estado físico. Solo la riqueza del espíritu puede hacer que nos sintamos más o menos vivos. Hoy, yo, me siento terriblemente vivo. Sí, terriblemente vivo.

—¿Ha recibido muchas cartas desde que anunció su decisión de luchar por la igualdad racial?

—Muchas cartas llenas de simpatía y muchas cartas llenas de insultos y amenazas oscuras. Yo, que quede claro, no hago lo que hago para suscitar en la gente simpatía o antipatía. Este aspecto me deja totalmente indiferente.

«He robado un Oscar»

—¿Cuál es, según usted, su mejor película?

—He hecho films e interpretado personajes en los que, de cualquier modo, he creído. En este sentido he hecho cosas buenas y otras absolutamente equivocadas. Solo recuerdo y tengo presente estas últimas.

—¿Y el Oscar que ganó por *La ley del silencio*?

—En aquel tiempo todavía estaba recién salido del Actor's Studio. Mi interpretación era demasiado académica, demasiado estudiada. Minuciosa, hecha a la medida, diría, del jurado de los Oscar. Les gustó, y yo me llevé a casa la estatuilla. En aquel tiempo me pareció cómodo.

—¿Qué es lo que salvaría de su vida?

—No me gustan las miradas atrás, el pensamiento del pasado me aburre. Pensar en el futuro es lo único que me despierta.

—Si tuviera que compararse con un animal, ¿cómo se pintaría?

—Soy curioso como un simio. Combativo como un oso. Feroz como un tigre. Terco como una mula. En resumen, al animal a quien me parezco más sigue siendo el hombre.

—Antes de hablar, ¿reflexiona siempre sobre lo que quiere decir?

—Las palabras son una institución muy absurda. A menudo irritante. Trato de utilizarlas al máximo mediante el cerebro y el espíritu, pero no siempre consigo resultados alentadores.

—¿Actúa siempre de buena fe?

—No me pregunto nunca cosas como esa. Por tanto, eso significa que voy realmente con buena fe.

—¿Le gusta sorprender a la gente?

—No. Prefiero sorprenderme a mí mismo. Es una fiesta más íntima. Siempre sale mejor.

Nueva York, junio.
Mary Holmes, *Fotogramas*, 5 de julio de 1968.

JUAN ANTONIO BARDEM
El regreso de Bardem

En Viella —magnífico rincón de los Pirineos leridanos, a veinte kilómetros de Francia—, Juan Antonio Bardem, después de dos largos años de silencio, vuelve a dirigir cine. Su nueva película se titula *El último día de la guerra*. La historia está enclavada en Austria, en el año 1945. Se trata de una coproducción en la que domina el capital norteamericano. Bardem, hombre que localizó siempre a los personajes de sus películas en territorios muy concretos del suelo español y que cuenta con cuatro Premios de la Crítica Internacional unidos a varios fracasos estrepitosos de público, narra ahora historias que pasaron hace años en Austria, y busca de un modo abierto el éxito comercial. ¿Por qué? Es posible que el análisis que él mismo nos hace de su obra, y una vez conocidas las motivaciones de tantos experimentos bardemianos, unidas a una explicación de su situación actual, nos ayude a comprenderlo.

—Soy hijo y nieto de cómicos. La ilusión de mi padre era la de que pudiera salir de esa vida bohemia y desprestigiada en nuestro país y por eso me hizo estudiar la carrera de ingeniero agrónomo. Pero mi vocación estaba en el cine y pronto lo abandonaría todo por él. Entiendo que la única forma posible de felicidad es conseguir un oficio que, al mismo tiempo, sea una afición. No comprenderé nunca eso de los *hobbies*.

—¿Cuál era el ambiente cultural y «concretamente» cinematográfico de aquellos tiempos, cuando usted se decidió a hacer cine?

—La situación del cine español era angustiosa. Apenas nos llegaban las películas de fuera y nuestra formación cultural estaba plagada de lagunas. Nos encontrábamos prácticamente sin una tradición cinematográfica e incluso, yendo más lejos, sin una tradición cultural sólida que nos arropara. Había que inventarlo todo.

Los dos B: esa pareja feliz

—¿Qué se propusieron Berlanga y usted al hacer *Esa pareja feliz*?

—Fue como un primer ensayo, una toma de contacto con esa inmensa realidad que es el cine. Existía una serie de cosas que nos habían chocado y que deseábamos plasmar en celuloide. Más o menos, así lo hicimos.

—Era el año mil novecientos cincuenta. ¿Cuál fue la acogida que tuvo la película?

—Alguien dijo que aquel film era una ventana que se abría a un aire nuevo. Un elogio que nunca olvidaré. De todos modos, el film fue abucheado en muchas salas y no gustó en absoluto. Ya contábamos con ello.

Bienvenido Mr. Marshall

—Nos propusieron a Berlanga y a mí realizar un film folklórico con Lolita Sevilla de protagonista y ambiente andaluz. Nos llamaron a los dos porque, como la gente tiene un fondo malévolo, no sabían cuál de los dos era el que valía. Empezamos a trabajar en el guion y cambiamos radicalmente las exigencias de la productora. Al final ni la película era folklórica, ni de ambiente andaluz ni la protagonizaba Lolita Sevilla. En el año cincuenta y tres fue presentada en Cannes con gran éxito, lo que me valió la posibilidad de vender mi guion de *Cómicos*.

Cómicos **o el homenaje a un mundo**

—*Cómicos* era un deliberado homenaje a los míos, a mis padres, al mundo en que se movieron siempre. En cierto modo era un film muy autobiográfico en el que yo me confesaba abiertamente. Me dijeron: «Los temas de teatro no suelen gustar», y así fue. El fracaso de público fue total.

La alta burguesía y el ciclista

—El guion de *Muerte de un ciclista* era algo que me golpeaba desde hacía tiempo. Así que opté por comprarlo y pasarlo inmediatamente al cine. Me propuse una crítica moralizante de la alta burguesía de nuestro país. El film estaba muy enraizado con todo el cine que se hacía en aquellos momentos en Italia. Fue Premio de la Crítica en Cannes. Todo un éxito, aunque tampoco el público respondió como era de esperar. Cuando la película llegó a España, me cortaron una serie de secuencias importantes, con lo cual el film quedaba algo mutilado.

La burguesía de provincias: *Calle Mayor*

—Intenté después de *Muerte de un ciclista* la crítica a otros estratos sociales y desplacé mi imaginación a una ciudad de provincias para criticar unas actitudes morales muy concretas. *Calle Mayor*, presentada en Venecia, obtuvo un éxito de crítica como ningún otro film mío.

Notas para la historia: entre *Muerte de un ciclista* y *Calle Mayor* se desarrollaron las «Conversaciones de Salamanca», primer encuentro de la gente que en España se proponía renovar el cine. En 1955, Sánchez Ferlosio gana el Premio Nadal con su novela *El Jarama*, obra renovadora. Buñuel sigue triunfando fuera de su país.

Sonatas: una nueva tentativa

—Cada película mía ha sido una nueva tentativa. En *Sonatas*, en vista de la poca viabilidad del realismo español, opté por usar el pretérito como nueva fórmula de expresión. Con texto de Valle-Inclán intenté hacer una película histórica. Pero el film fue masacrado cuando se presentó en Cannes. La crítica solo vio una película de tiros y caballos y se quedó estupefacta ante el nuevo «producto Bardem». Sucede que, en el extranjero, la cultura española es desconocida desde el siglo diecisiete y que además no interesa. Visconti puede hacer el *Gatopardo* tranquilamente porque, ya antes de ser proyectado su film, todo el mundo conoce, instruido por una avanzadilla de intelectuales, que lo que el film presenta es la sustitución de la aristocracia por la burguesía y, en ningún modo, una historia de capa y espada con Burt Lancaster de protagonista. Cuando yo presenté en Cannes *Sonatas*, el film se estrelló estrepitosamente contra la incomprensión más feroz y desconsoladora.

Y llegan los toros

—Se me cerraron, pues, muchos caminos de expresión. Intenté entonces hacer un cine negro pero acabé abandonando mi proyecto. Quise hacer *La Celestina* pero era pedir demasiado. Opté por adaptar al cine *La cornada*, la obra de Alfonso Sastre. No quise hacer una película de toros, sino más bien un estudio de las relaciones humanas. La película no gustó mucho…

Los inocentes

—Hago en Argentina *Los inocentes*. Al desplazar el paisaje, el film pierde en intención y quedó algo desvaído. A pesar de todo, en Berlín, me dieron por cuarta vez el Premio de la Crítica.

Nunca pasa nada

—Es uno de mis films más queridos, destrozado por la crítica, que vio en él una *Calle menor*. Incomprensible. Una vez más lo que me interesaba más de mi historia era el comportamiento humano de mis personajes. Se me cerraban todos los caminos para hacer el cine que me gustaba. Quisiera hacer un cine como el de Rossi, pero ¿acaso puedo hacerlo? Cuando Rossi hace *Le mani sulla cittá* acusa muy directamente a unos señores muy concretos, les señala con el dedo y dice: «Señor Fulano de Tal, es usted un cerdo, por tal y por cual motivo». Pregunto: ¿puedo hacer yo una película de este tipo? Evidentemente que no. Entonces, ¿qué nueva etapa puedo inaugurar?

Saura y la escuela de Barcelona

—Se me ofrece la posibilidad de hacer crítica con símbolos, al modo de *La caza* de Saura. Evidentemente Saura ha abierto en el cine español un nuevo camino expresivo. Pero a mí no me interesa, porque yo en *La caza* no sé ver más que unos individuos que salen de caza y acaban matándose entre sí. Porque no me gusta jugar a las simbologías. Nunca he sabido leer entre líneas. Entonces —se me dirá—, tengo la posibilidad de marcharme fuera o bien hacer un cine de evasión al estilo de la escuela de Barcelona. Marcharme fuera no me interesa porque no puedo saltar fuera de mi sombra. Todo lo que pasa en mi país me afecta, me interesa rabiosamente. Hacer un cine de evasión no me va, no podría hacerlo jamás. El cine de la «escuela de Barcelona» está políticamente invalidado y esto es muy grave. Por otra parte, Barcelona es una ciudad que jamás aceptaría un cine auténticamente revolucionario. No creo en la validez del arte por el arte. El cine que se hace en Barcelona es muy curioso y nada más.

—¿Qué películas le han interesado del nuevo cine español?

—Algunas. Quizá, la que más, *Nueve cartas a Berta*, que es, para mí, el film más genuino y verdadero. Pero el cine español está igual que siempre. Apenas han cambiado sus estructuras artísticas e industriales. La censura se ha liberalizado mínimamente. Ahora se pueden ver más bikinis y el tema del adulterio ya no es tabú, pero en definitiva, cuando tratas de ahondar con profundidad en una temática seria, chocas con mil obstáculos.

El rey y la reina

—Mi próximo film va a ser un viejo proyecto: llevar a la pantalla una novela de Sender titulada *El rey y la reina*, con Monica Vitti y Anthony Quinn de protagonistas. Con producción americana. He tardado catorce años en realizarlo. Empezaré a rodar cuando termine lo que estoy haciendo.

La ilusión sigue en pie

—Este oficio del cine es maravilloso. Ojalá pudiera hacerlo gratis. La ilusión con la que, hace unos años, empecé a trabajar continúa en pie, inamovible. Me siento frustrado, como creo que lo está la mayor parte de mi generación. Por dentro soy el mismo de antes, aunque por fuera he dejado de adoptar posturas infantiles y gratuitas y me he vuelto, con el tiempo, mucho más realista y consciente. Pienso que he trabajado siempre a un nivel muy bajo de mis posibilidades. Es una sensación que he tenido siempre. Y no creo que la culpa sea mía. Con todo, insisto, el bloque de la ilusión inicial continúa manteniéndose, aunque con algunos agujeros inevitables.

La película que está haciendo ahora

—¿Qué es *El último día de la guerra*?

—Es una película que, por mi gusto, no hubiera hecho nunca. Pero me interesa hacerla.

Si uno está incluido en un esquema industrial determinado ha de desenvolverse en él lo mejor que pueda. Si yo poseo el oficio de director de cine he de ganarme la vida como director de cine. No puedo trabajar de ingeniero y, a ratos perdidos, hacer una película de medio millón de pesetas muy sincera. A Juan Antonio Bardem esto ya no le es posible. *El último día de la guerra* es un film que pasa en Austria el año cuarenta y cinco y en el que mi única satisfacción a lo largo de toda la película es matar a unos nazis al final de todo.

Mirando hacia delante con ira

—El problema se me plantea en el terreno de que lo que yo pueda contar en el extranjero sobre mi país no interesa. Además, empiezo a no comprender absolutamente nada. Cuando hice *Los pianos mecánicos*, el éxito comercial fue arrollador. Lógicamente esto hubiera tenido que abrirme una lluvia de contratos para el futuro. No ha sido así. He debido esperar dos años para hacer mi siguiente film. Es decir, que incluso el terreno comercial, última etapa de mis movimientos artísticos, empieza a estarme vedado, cerrado. ¿Qué puedo hacer? ¿Cine independiente? No es solución. El cine independiente tiene una audiencia mínima y ello anula su interés. ¿Inaugurar una nueva etapa? Pero ¿cuál? Pienso que todos los caminos están cerrados en el cine español.

En el sumario firma Enrique Vila;
en el cuerpo de la entrevista, Enrique Vila Matas.
Fotogramas, octubre de 1968.

RUDOLF NURÉYEV
30 años de soledad
«La muerte es más poderosa que el ballet. Es mi gran tragedia»

En Barcelona —noche fría de abril— va a llover a cántaros de un momento a otro. He encontrado a Rudolf Nuréyev en la puerta de una famosa discoteca. Nos guarecemos en la cabaña pop. Tom Jones y el obsesionante tapizado rojo acabarán por engullirnos. Nuréyev está cansado. Ha estado bailando todo el día. Ahora se encuentra con que la noche es suya, pero Nuréyev no sabe qué hacer con ella. Entre otras cosas porque está solo. Además, no contaba con la tormenta que se prepara. Sí contaba, en cambio, con los aplausos de hace menos de una hora en el Gran Teatro del Liceo. El público, etiquetadísimo, ha llegado a pagar tres mil pesetas por localidad por verle actuar. Nuréyev lo sabe. También sabe otras muchas cosas. Conoce, por ejemplo, su condición de mito. Por eso, a lo largo de toda la noche, forcejeará por no perder su compostura de hombre-genio. Exhalará, de vez en cuando, algún suspiro vital, entonará algún grito de angustia, pondrá cara de mártir, se dejará llevar por su propia tragedia y no ocultará a nadie su profundo tedio existencial. Pero con Nuréyev es muy posible llegar a intimar. Basta con hablarle de tú a tú. Basta con prescindir de su condición de genio y hablarle de problemas de aquí y de allá, de problemas tan familiares para él como para ti. Entonces deja Nuréyev de aburrirse y olvida su careta, sus poses, sus ficciones. Aflora su piel de hombre y es, en este momento, cuando descubrimos a un Nuréyev realmente inquietante. Algo más que un bailarín genial. Algo más que un mito. Algo más que un soviético «que escogió la libertad». Algo más que una leyenda forjada por las mentes biempensantes de Occidente.

—Yo dejé Rusia porque necesitaba huir del sistema burocrático en el que se entierra todo arte en mi país. Escogí el camino de la libertad, de la libertad artística. De política no tengo ganas de hablar esta noche. Mi única pasión es el ballet. Es lo único que me interesa de verdad. El ballet y el amor. El amor es también muy importante. Pero el ballet aún lo es más. Le estoy dedicando mi vida. Yo necesitaba mi libertad plena. Cuando actuaba en un escenario de mi país la tenía. Pero cuando acababa la función volvía a perderla. Por otra parte, me seducía el mundo occidental. Era una aventura que valía la pena correr. Sigo sintiéndome vinculado a Rusia y a toda su cultura y tradición.

—De España, ¿qué piensa?

—Es un hermoso país, muy atractivo. Me seducen poderosamente los toros, el sol, la sangre sobre el ruedo, los maletillas valientes, la estética de los ruedos. España es una tierra que siempre quise visitar. Era, además, algo muy misterioso para mí. Algo así como Moscú para un español, supongo. De todos modos, me molesta el alto grado de sofisticación a que han llegado algunas corridas en España.

Hablamos de Barcelona, como ciudad. Me dice:

—Es la ciudad-sugestión por excelencia. He visto pocas como ella. Las Ramblas, por ejemplo, son algo único. La ciudad toda me fascina. El Liceo es un gran teatro. Había estado deseando actuar ahí toda mi vida. El público me parece bastante entendido. Barcelona me recuerda a Ámsterdam. También a Roma y Bruselas. Quizá no tengan mucho parecido, pero a mí me parece que tienen un mismo aire.

Hemos bajado hasta la pista de baile y en la barra tomamos unas copas. Se encienden y apagan unas luces en el escenario. Se danza frenéticamente. Hay muchos jóvenes.

—De la juventud nada tengo que decir que no se haya dicho ya. Naturalmente, pienso que la juventud es lo único importante en la vida. Yo, por ejemplo, no sé qué haré el día en que deje de sentirme joven. Creo que será una gran tragedia. Además, sentiré la muerte mucho más cerca de mí. Vivo con ella, la conozco y la detesto. Pero la muerte es poderosa. Más poderosa que el ballet.

Ahora, a Nuréyev le rodean una serie de amigos que interrumpen su disertación, sus pensamientos. Me alejo por un rato de él. Aprovecho para tomar notas sobre lo que ha dicho. Afuera ya llueve y se prepara una tormenta colosal. Da lo mismo porque en la *boîte* Matt Monro nos acribilla con su sentimentalismo. Alguien me explica el horario que ha seguido el bailarín en su estancia en Barcelona. Resulta que ha estado bailando prácticamente todo el día hasta el momento de su actuación. «El ballet es mi única pasión», recuerdo que ha dicho. «El ballet y el amor.» Anoto que voy a preguntarle cosas sobre el amor cuando lo reencuentre. Habrá de contestarme:

—Algo inconcreto. En realidad, no existe. Pero nadie se atreve a afirmarlo. Yo siempre estoy solo. Mi soledad es algo irremediable. Naturalmente, pienso que es algo sustancial con la existencia humana, que no hay que culpar a la sociedad de consumo ni a nadie. La soledad la llevamos todos dentro cuando nacemos y seguimos conservándola cuando morimos. Quisiera, sin embargo, ser algo más feliz, estar menos solo. Mi único refugio es el ballet. No existe otro. Cuando bailo me olvido de todo.

Me elevo por encima de todo. Dejo de ser Rudolf Nuréyev y me convierto en un ser alado. Fíjese bien: vuelo. Pero tampoco volando consigo ser feliz.

Hay un giro en la conversación. Hablamos de Margot Fonteyn. Nuréyev habla con mucho cariño y estimación de ella. Luego hablamos del tiempo de vida que le queda como bailarín. Me dice que se halla en la plenitud de sus facultades físicas y artísticas. A medio camino de su carrera. «Quizás en mi mejor momento.» «A los cuarenta años me retiraré.» «Entonces no sabré qué hacer. Me quedará un vacío inmenso.» Nuevos amigos saludan al genio. Vuelve a romperse el hilo de nuestra conversación. Arriba, Robert Hossein busca camorra. Encandila con sus miradas a todas las jovencitas-Marinas Vladys que encuentra. Monta su número particular. Abajo, Nuréyev, sosegado y seguro de sí mismo, ríe el chiste de un amigo de Barcelona. Se baila cada vez más frenéticamente. Miembros de la antigua «escuela de Barcelona» entablan discusión sobre cine en una mesa cercana a Hossein. Nuréyev, que está abajo, lo ignora todo. Se cruza miradas con un joven que está fatigado de tanto bailar jerk. Luego sigue bebiendo, riendo las bromas de sus amigos. «Mi soledad es algo irremediable», me ha dicho hace unos instantes y lo apunto. «Tampoco volando consigo ser feliz.» Luego irá al Drugstore. Allí encontrará los últimos residuos de una noche más de Barcelona, una noche lluviosa, propicia para las confesiones a media voz:

—Mi libertad es relativísima. La verdad es que siento atadas mis piernas. Es una sensación extraña que suele asaltarme de vez en cuando. Entonces, lo mejor es dormir ocho horas y olvidarme de todo.

Los borrachos se divierten. Nuréyev lo observa todo con expresión divertida. «El ballet es mi única pasión.» «Estoy solo.» «La verdad es que siento atadas mis piernas.» Hace mucho aire en la calle. Un taxista se pelea con una pareja. Acude el sereno. «En el aeródromo de Le Bourget, en París, el bailarín soviético Rudolf Nuréyev escogió la libertad desobedeciendo la orden de reintegrarse a Rusia.» Llega la policía en ayuda del sereno, que se debate enérgico bajo la lluvia. «Mi libertad es relativísima.» Descubro que la pareja se halla en estado de embriaguez. Se los llevan en un coche celular. Desde lejos, achaparrado por el agua que cae, Nuréyev me dice adiós sin más palabras. Se marcha solo Paseo de Gracia abajo.

En el sumario firma Enrique Vila;
en el cuerpo de la entrevista, E. Vila-Matas.
Fotogramas, 25 de abril de 1969.

ROVIRA BELETA
«Serrat debutará conmigo en el cine»

El amor brujo, su última realización, en el aspecto comercial fue un fracaso. A Joan Manuel Serrat su debut cinematográfico en *Palabras de amor* también le ha ido mal, pero ni uno ni otro se desaniman. Ahora, Rovira Beleta va a jugarse casi todo su dinero para lanzar a Serrat en *La lenta agonía de los peces fuera del agua*, y el cantante se propone olvidar su primera experiencia negativa y enfrentarse otra vez a las cámaras.

Rovira Beleta va a jugarse casi todo su dinero en hacer una película con Joan Manuel Serrat, cuando Miguel Picazo —a la vista del fracaso comercial de *Palabras de amor*— ha abandonado ya la idea. El título de la película será el de

La lenta agonía de los peces fuera del agua. Inspirada en *Vent de grop*, la novela de Aurora Bertrana, que cuenta los amores de un pescador de la Costa Brava y una turista inglesa. A Rovira Beleta *El amor brujo*, su última realización, le marchó muy mal comercialmente y se vio obligado a venderse una casa entera de pisos.

El próximo 1 de junio comienza una nueva aventura financiera. Esta vez le apoya la Banca Catalana. Artísticamente cuenta con buenos colaboradores: Joaquín Jordá, en el guion. Carlos Durán, en la realización. El fracaso comercial del primer film de Serrat no le arredra.

—*Palabras de amor* era una película horrorosa. Considero que Serrat debuta en el cine conmigo.

Estoy en su despacho. Rovira Beleta tiene cara de sueño. Me aclara que ha estado trabajando toda la noche en el guion y que se siente fatigado. Jordá es quien primero escribe las escenas. Luego, él las retoca y les da vida definitiva.

—En *El amor brujo* trabajé con dos guionistas: uno progresista (Caballero Bonald) y el otro reaccionario (Medrano). Cada uno me hizo un guion. Luego, yo compaginé los dos y me salió lo que me salió.

A los cinco minutos de estar en su despacho ya me he visto todos los diplomas, medallas y álbumes fotográficos que tienen algo que ver con la Academia de Hollywood. Por todas partes, la sonrisa de Gregory Peck. También el beso a Faye Dunaway, los colorines de Disneylandia.

—Estuve a punto de ganar el Oscar con *El amor brujo*. Me faltó muy poco.

—¿Es fiel a la novela de Aurora Bertrana?

—Bastante. Pero he decidido trasladar la acción de la Costa Brava a Ibiza, que me parece un sitio más comercial de cara a los mercados extranjeros. Además, estaba un poco cansado de rodar en ambientes gitanos o rurales.

—¿Ha cambiado algo más?

—Sí. El mensaje de la película, que viene a demostrar que hay un tercer camino en la vida del pescador ibicenco enamorado de su inglesita. Ni la isla donde nació ni el mundo *beat* de Londres, que él no puede comprender. El tercer camino está en un término medio.

—¿Qué otros actores intervienen en la película?

—Serrat tiene tres novias en la película. La inglesa, su novia de Ibiza y una novia que coge en Londres cuando la inglesa no le hace caso. De todas no se casa con ninguna de ellas. El papel de la chica inglesa quisiera que lo hiciera mi buena amiga Sharon Tate. Yo conocí a Polanski cuando fue nominado para el Oscar por *El cuchillo en el agua*. Es un chico simpatiquísimo. Sharon es un poco rara, original, pero también es muy agradable. Recuerdo que la última vez que fui a verla a su casa de Londres me recibió andando por los suelos. Ya te digo, un poco rara…

—Pero ¿querrá venir Sharon Tate?

—Estamos haciendo todos los posibles. Ella termina el primero de junio una película que está rodando en Roma con Vittorio Gassman. El primero de julio es, precisamente, el día en que hemos fijado la fecha de inicio de rodaje de nuestra película. El problema está en que solo dispone de un mes y, quizá, quiera destinarlo a descansar. En fin, ya veremos…

—Supongamos que Sharon Tate no hace el papel, ¿quién sería la nueva candidata?

—He pensado en hablar con Ursula Andress, buena amiga mía, que ahora está en Palma de Mallorca. A Ursula la conozco desde los tiempos en que estaba casada con John Derek, un señor muy antipático y engreído. Ella, en cambio, es fenomenal. Si Ursula no quisiera hacerlo, hablaríamos con Gela Geisler, una chica alemana residente en Madrid, o bien con cualquier extranjera con cierto prestigio. Ya no nos queda mucho tiempo para buscar.

—¿Y en cuanto a la novia ibicenca de Serrat?

—Ha quedado descartada Pepa Palau, que era una chica que me iba muy bien para dar el papel de novia un poco cateta de Serrat. Ahora, al trasladar la acción a Ibiza, he pensado en una novia un poco más sofisticada. Lo más probable es que se lleve el papel Emma Cohen.

—¿Y quién será la novia londinense?

—Esta está muy decidida. Se llama Danny Ross y es un descubrimiento personal mío. Es una chica que hacía de *gogo girl* en Baccará, una *boîte* de la ciudad. Danny, que ha hecho ya un spot para la televisión y está rodando en Madrid *Las nenas del mini-mini*, puede ser la gran revelación de la película.

—¿Qué canciones va a cantar Serrat?

—Todas van a ser inéditas. Está preparando una canción de *matinada* muy bonita. Habla de un amanecer. También le he encargado una canción con aires tradicionales ibicencos y que narre una leyenda de aquella isla, que nosotros nos hemos inventado. La leyenda habla de dos enamorados que se matan por amor en una cueva marítima muy bonita que hay en Ibiza. Prefiero que las canciones que cante sean todas desconocidas. También está componiendo una muy interesante, que ha de cantar en los trozos rodados en Hyde Park.

Rovira Beleta me explica que le apasiona trabajar en la confección de un guion cinematográfico. Dice que ayer estuvo trabajando hasta las cinco de la madrugada y que creía que se volvía loco.

—Me revolcaba por el suelo, me entusiasmaba yo solo. Apenas tengo tiempo para leer.

Hoy, mi mujer me ha regalado un libro sobre no sé qué utopía de un tal Ficuse o Mubuse…

—Marcuse.

—Sí, eso. Marcuse. Pero ya te digo… Apenas tengo un segundo para leer. Dedico el día entero a trabajar en mi guion.

En el sumario firma Enrique Vila Mata;
en el cuerpo de la entrevista, E. Vila-Matas.
Fotogramas, 9 de mayo de 1969.

MARLON BRANDO
Lo que Marlon Brando decía

Se cumplen diez años del día en que, firmadas por Julie Gilmore, aparecían en las páginas de *Fotogramas* estas declaraciones de Marlon Brando. En realidad, la entrevista fue totalmente inventada por E. Vila-Matas, que, como redactor de la revista, había recibido el encargo de traducir del inglés ciertas declaraciones de Brando a la Gilmore. Al parecer, Vila-Matas no sabía una palabra de inglés y optó por la vía más rápida: construir una entrevista muy distinta de la original. Nadie en la redacción y muy pocos lectores advirtieron en su momento el evidente fraude.

Ir hasta el hotel Wayland, en Providence, donde Marlon Brando se hospedaba en el más riguroso incógnito, me resultaba tan difícil como planear una gran campaña militar. Llevaba varios días resfriada, tenía un fuerte dolor de riñones que me impedía andar con cierta normalidad, y para colmo había sufrido en la última semana el más fuerte desengaño amoroso de mi vida. Por si no fuera esto suficiente tuve que coger un tren de madrugada, lo cual supuso pasar toda la noche despierta. Subí la cuesta a la estación caminando muy encorvada, y comencé así mi periplo.

Estaciones de St. Louis, Indianapolis, Columbus, Donora, Phoenixville, Philadelphia, New York. Llegué renqueando a Providence. Por Jefferson Street, una tranquila calle que rodea el barrio comercial, avancé hasta una plaza con hayas y arces, Wayland Square. Allí estaba el hotel en que Brando se ocultaba de las miradas del mundo.

¿Me recibiría? Lo hizo, pero con evidente malhumor; y la entrevista fue tan tensa como breve. Le localicé en el bar. Brando estaba dibujando, con lápices de colores y especial dedicación, una isla. Sobre la mesa había, junto al estuche de Caran d'Ache, un libro de Kafka y una cajetilla de Camel. Pasó la mayor parte de la entrevista con la mirada hundida en esos objetos.

J. G.: Al conserje del hotel le alarma que usted haya mostrado simpatía por los hippies.

M. B.: Odio a los hippies. Son como los héroes del cine mudo.

J. G.: ¿Qué quiere decir?

M. B.: Simplemente que unos héroes que no pueden andar por la calle sin que les vuele el sombrero delante de una apisonadora, ni inclinarse ante una dama sin echarle el café encima, me parecen cada vez más modelos de una vida infantilmente necia.

J. G.: Pues no sé dónde leí que usted envidiaba el estilo de vida de los hippies.

M. B.: Pues no, no les envidio nada. No me gusta pastar hierba en las laderas del Nepal. Envidio, en cambio, una vida de acción y aventura.

J. G.: La suya, en cierto modo, lo es.

M. B.: No, señorita, no lo es. Yo lo que siempre deseé fue alistarme en la Legión Extranjera.

J. G.: ¿Cómo dice?

M. B.: Lo que oye. Pienso en las noches en el oasis y en la maravilla de vivir en el anonimato. El escenario de mis sueños es este: edificaciones de barro a la sombra de las palmeras, el rebaño de cabras en los bordes de la poza, la caravana que pernocta en el mesón, la noche luminosa del desierto…

J. G.: Perdone, señor Brando, pero creo que me está describiendo el reverso de la cajetilla de Camel.

M. B.: No sea impertinente, señorita. Le estoy describiendo una aldea enclavada en el oasis. A lo lejos se alza una imponente fortaleza, donde tropas coloniales beben Cap Corse y leen *Le Courrier du Maroc*. Por supuesto, Tarita no está.

J. G.: ¿Quién está, pues?

M. B.: (Fingiendo que escudriña el horizonte del desierto.) Ahí solo están gente como Kowalski, Zapata, Bruto, Sky Masterson y, si me apura, el mismísimo Bonaparte.

J. G.: Ahí está solo Narciso.

M. B.: (Susurrando como Terry Malloy). Tal vez, pero escuche esto: todas las mañanas, sin excepción, me dedico a pasear por una isla, inventándola. Le hago un sol y árboles y hago que el agua bañe sus costas abandonadas. Y allí está siempre, sin faltar nunca a su cita, mi mujer ideal.

J. G.: ¿Cómo es ella?

M. B.: (Levantando fugazmente la vista de la mesa.) Anda encorvada y es rubia y frígida, yanqui y nada rígida.

J. G.: No puedo imaginarla en una aldea del desierto.

M. B.: Pues sitúela en un paisaje alpino, entre montañas de cumbres nevadas, cruzadas por un gigantesco lápiz.

J. G.: Perdone, señor Brando, pero creo que me está describiendo la cubierta de su estuche de Caran d'Ache.

M. B.: Le estoy describiendo un lugar en el que usted sería más feliz que aquí tratando de incordiarme.

J. G.: Créame que no era mi intención...

M. B.: Pues lo parece. Todo el mundo me incordia. Ahora ya sabe, en exclusiva mundial, por qué estoy de incógnito en este hotel.

J. G.: El ascensorista tiene una teoría sobre esto. Está convencido de que, en realidad, usted se esconde de una sola persona.

M. B.: (Tras una larga reflexión.) Quizás esté en lo cierto. Sí, quizá sí. (Pomposamente.) Es de mi padre de quien huyo.

J. G.: Perdone, señor Brando, pero si no me equivoco su padre ha muerto.

Entra en escena un camarero.

CAMARERO: ¿Qué desea tomar la señorita?

M. B.: Tráigale un Cap Corse.

CAMARERO: No tenemos.

M. B.: Pues entonces nada, porque la señorita ya se va.

J. G.: Perdone pero…

M. B.: (Abriendo por la primera página el libro de Kafka.) La ausencia de mi padre es presencia. Lo veo, todavía hoy, preguntándome por qué voy diciendo por ahí que le tengo miedo. Nunca supe qué contestarle; en parte, precisamente por el miedo que le tenía.

J. G.: Señor Brando…

M. B.: (Simulando no oírme.) Habría sido feliz de tenerlo como jefe, amigo, tío, abuelo, e incluso como suegro. Es como padre que no puedo soportarlo.

J. G.: (Señalando el libro.) Esta es una cita literal de Kafka.

M. B.: (Señalando la salida del bar.) Y la suya es una cita literal de Anna Kashfi. Vuelva otro día, por favor. Quizás tenga más suerte. Quiero acabar mi dibujo.

J. G.: Y yo quisiera acabar la entrevista. Espere, espere…

M. B.: El tiempo no espera a nadie.

J. G.: Perdone, señor Brando, pero creo que esta frase la decía usted en *Desirée*.

M. B.: ¡Basta! Váyase inmediatamente.

J. G.: (Recogiendo sus papeles y dirigiéndose hacia la puerta.) De acuerdo, de acuerdo, pero…

M. B.: (Compasivo.) Oiga, ¿por qué anda tan encorvada?

J. G.: Los riñones.

M. B.: Un bastón le daría el aspecto de una anciana venerable.

J. G.: (Definitivamente enojada.) Todavía soy joven (¡qué espanto cómo me duelen los riñones!) y usted hace muy mal (¡qué espanto!) en echarme.

M. B.: (Despidiéndose.) Lo siento, créame que lo siento. Vuelva otro día. Seguiré haciéndole confesiones.

J. G.: ¡Qué espanto! ¡Qué espanto!

En el sumario firma Vila Matas;
en el cuerpo de la entrevista, E. Vila-Matas.
Dezine, octubre de 1980.

ANTHONY BURGESS
«El mal es activo y el bien es pasivo»

Célebre desde que escribió *La naranja mecánica* y, para muchos, uno de los más grandes novelistas del siglo, Anthony Burgess nació en 1917 en Mánchester, vive en Mónaco, no soporta Inglaterra y pasea estos días por Barcelona, donde hoy presenta su última y voluminosa novela, *Poderes terrenales* (Argos Vergara): una visión totalizadora de nuestra época y de la irrupción del mal en ella, un ataque frontal a la falta de autoridad intelectual de la Iglesia católica de nuestros días.

Anthony Burgess es católico, diplomado en Fonética y Literatura Inglesa. Ha sido, entre otras cosas, militar, pianista de bar y funcionario cultural en Borneo, donde escribió su *Trilogía malaya*. A su regreso a Londres, en 1960, se convirtió en un escritor prolífico. Ha publicado cuarenta libros, veinticinco novelas entre ellos. En sus ratos libres vuelve a la composición musical, su gran afición. Una de su mejores novelas, *Sinfonía napoleónica*, fue construida siguiendo la forma sinfónica de la *Heroica* de Beethoven. Entre sus libros destacan *El demonio de un estado*, *La mujer y el anillo*, *La naranja mecánica*, *La víspera de Santa Venus*, *Trémula intención*, *Enderby*, *MF*, *Sinfonía napoleónica*, una biografía de Hemingway y estudios críticos sobre Shakespeare y Joyce.

—Le felicito —comienzo diciéndole— porque ha conseguido demostrar que ser prolífico no está siempre reñido con la calidad.

—No hay por qué asombrarse de esto. Ser prolífico es pecado solo desde la época de Bloomsbury, de Forster en particular, que consideraban de buena educación producir como si estuvieran estreñidos.

—¿Qué analogía establece entre literatura y música?

—Pienso que la música enseña ciertos ingenios formales a los que practican otro tipo de arte; pero el lector no tiene que notarlo. Por ejemplo, un compositor modula de una clave a otra mediante el uso de la cuerda de afinar, la sexta aumentada. Uno puede pasar, dentro de una novela, de una escena a otra utilizando una frase o declaración que sea común a ambas, esto es cosa común. Si la frase tiene significados diferentes en diferentes contextos, aún resulta mucho más musical.

—Usted ha dicho que la novela es el único gran género literario de importancia que nos queda. ¿Podría ampliar esta declaración?

—Sí. La novela es el único gran género literario que nos queda. Es capaz de incluir los demás géneros literarios menores, desde la comedia hasta el poema lírico. Los poetas escriben bastante bien, pero no son capaces de lograr la habilidad arquitectónica que en otro tiempo tuvo la épica (de la cual la novela ahora es el sustituto). La explosión corta y aguda, tanto en música como en poesía, no es suficiente. La novela posee hoy en día el monopolio del género.

—*Poderes terrenales* es una buena ilustración de lo que dice. ¿Cómo ha sido acogida en Inglaterra?

—Bueno, yo soy británico, no inglés. *Poderes terrenales* ha sido acogida por los ingleses con la habitual incomprensión con la que me leen. Ha tenido un buen éxito comercial, pero ellos no me entienden. Quizás es porque soy católico.

—¿Es cierto que en cierta ocasión estuvo usted a punto de convertirse al mahometismo?

—Sí. Fue en Malasia, me interesé mucho por esta religión. Iba a llamarme Yayah Ben Abdullah, que es la traducción literal de Anthony Burgess. Pero leí el Corán y me llevé una gran decepción. Es un libro estúpido, mal escrito. La obra de un aficionado. Le falta lógica y está mal estructurado.

—¿Qué tiene usted contra Juan XXIII? En su novela aparece como un personaje funesto en la historia de nuestro siglo.

—Es que lo ha sido. Este papa solo hablaba de amor y amor, mucho amor, un generoso impulso pero poca cosa más si no va acompañado por el soporte de la razón y el apoyo de la reflexión. Francamente, no reflexionar es un grave pecado. Juan XXIII nunca reflexionó acerca del Mal. Y el Mal, como sabemos, se ha manifestado en este siglo con insólita fuerza. Es absurdo que la Iglesia no haya iniciado una aproximación intelectual hacia este tremendo fenómeno.

—Sabemos qué es el Mal. Pero ¿podría usted aclararnos qué es el Bien?

—Algo que puede ser muy nocivo. El Mal es activo, el Bien quizás es pasivo. Siempre que hacemos algo, aunque el propósito sea bueno, corremos el riesgo de hacer el Mal.

—¿Puede el hombre construir una sociedad fundada en el Bien —tipo socialismo cargado de buenas intenciones— sin la probable intervención del Mal?

—El socialismo es pelagianismo. Me resulta difícil creer en él. Con todo, soy optimista con respecto al futuro de la humanidad. Me gustaría llegar al siglo XXI, porque pienso que las cosas pueden mejorar.

—¿Piensa que la humanidad ha avanzado intelectualmente en los últimos tiempos?

—Cuando era joven pensaba que no. Ahora veo que la gente, por ejemplo, vuelve a interesarse por la música de Mozart y compañía.

Francamente, esto me produce una gran alegría y hace que me sienta eufórico ante el futuro.

—¿A qué atribuye la pérdida de autoridad intelectual de la Iglesia católica de nuestros días?

—Entre otras cosas a que tienen una grave confusión con la cuestión del sexo. No tienen idea de lo que es. Se dedican a estimular la creación de familias numerosas y lo hacen de un modo asombrosamente ingenuo y, a la vez, nocivo.

—Su biografía sobre Hemingway era conmovedora, una historia realmente patética.

—No sé ya si realmente conocí a Hemingway en Pamplona o lo he soñado. Este hombre bebía demasiado y en sus últimos años se había convertido en un paranoico total. Creía que la policía le perseguía. Los escritores americanos, cuando no se sienten inspirados, beben como locos para estimular su imaginación. Acaban muy mal, entre daikiris y escopetas, sin la menor imaginación.

—Y, respecto a Joyce, ¿sigue usted tan interesado en él?

—Lo he estado durante mucho tiempo. He escrito tres libros sobre Joyce. Creo que es suficiente. A partir de ahora voy a dejarle en paz, se lo merece.

—¿Cree que es posible, para un escritor contemporáneo utilizar alguna de las técnicas de Joyce sin caer en la imitación?

—Uno no puede escribir como Joyce sin ser Joyce, del mismo modo que no se puede componer la *Heroica* si no se es Beethoven. Aunque hay algún escritor americano que cree que esto es posible.

—¿Y de los libros españoles qué me dice?

—Admiro *El Quijote*. Me gusta Galdós, por ejemplo. Leí mucha literatura española cuando vivía en Gibraltar. Y soy muy amigo de Borges, con el que curiosamente siempre hablamos en anglosajón. Su apellido y el mío no se parecen por casualidad. Tenemos el mismo árbol genealógico. Yo soy un Borges. De eso estoy convencido.

Enrique Vila-Matas

La Vanguardia, martes, 30 de noviembre de 1982

CORNELIUS CASTORIADIS
«Revolución y lucidez»

A su paso por Barcelona, para pronunciar dos conferencias, ayer en el Instituto Francés y hoy en la Universidad Autónoma, nos ha repetido el que probablemente sea su lema preferido: «Un revolucionario no puede poner límites a su deseo de lucidez». Parece que este es el principio que rige todos los análisis de Cornelius Castoriadis, escritor y ensayista griego afincado en Francia, uno de los precursores de los «nuevos filósofos» franceses.

Castoriadis nació en 1922 en Atenas y se trasladó a París al término de la Segunda Guerra Mundial. En 1946, junto con Claude Lefort, fundó en el PCI francés una tendencia que al romper con el trotskismo en 1948 se constituyó en grupo autónomo y emprendió la publicación de *Socialismo o barbarie*. La totalidad de los artículos de la revista ha sido publicada en España por Tusquets Editores, en diversos libros de la colección Acracia. Castoriadis comenzó a ser reconocido y comprendido en la explosión de Mayo del 68. Hace dos años publicó en colaboración con Cohn-Bendit *De la ecología a la autonomía* y es miembro del comité de redacción de la revista *Textures*.

Traidores y burócratas

Para este disidente del trotskismo la burocracia que domina la Unión Soviética y se ha instalado en los países del este no es un accidente o una degeneración. «Es —nos dice— el advenimiento mundial de un nuevo régimen de explotación: el capitalismo burocrático, basado en la división social entre el proletariado y una burocracia que excluye a los trabajadores de la gestión de la producción».

Los objetivos de la lucha deben, por lo tanto, cambiar. «El verdadero contenido del socialismo no es ni el desarrollo económico ni el consumo maximal ni el aumento del tiempo libre (vacío) como tales, sino la restauración, o más bien la instauración, por primera vez en la historia, del dominio de los hombres sobre sus actividades y, por lo tanto, sobre su primera actividad, el trabajo.»

Burguesía y marxismo

Para Castoriadis el marxismo es nefasto desde hace cuarenta o cincuenta años. Lenin, incluso, ya se desvió del espíritu de la letra del *Manifiesto comunista*. Hitler perdió la guerra pero Stalin no, y ahí radica el problema. «Un siglo después del *Manifiesto comunista*, treinta años después de la Revolución rusa, tras haber acumulado victorias asombrosas y terribles derrotas, el movimiento revolucionario parece haber desaparecido, como una corriente que antes de llegar al mar se pierde en marjales y finalmente se desvanece en la arena. Nunca se habló tanto de marxismo y de socialismo, de la clase obrera y de un nuevo período histórico. Y nunca sufrió tan grotesca deformación el verdadero marxismo ni tanto se escarneció la idea misma del socialismo, nunca habían llegado a traicionar hasta ese punto a la clase obrera los que pretenden hablar en su nombre. De diversos modos, superficialmente diferentes pero en el fondo idénticos, la burguesía acepta el marxismo, intenta emascularlo apropiándoselo, asimilándolo parcialmente tratando de hacer de él una concepción ideológica más. La transformación de los grandes revolucionarios en iconos inofensivos, de la que hablaba Lenin hace cuarenta años, se efectúa a un ritmo acelerado, y el propio Lenin no escapa a ese común destino.»

Proletarios y domésticos

Tiene un buen concepto del Mayo francés, porque en él se puso de manifiesto que el Partido Comunista era contrarrevolucionario. «Quedaron desenmascarados», dice, y después pasa a hablarnos de esa palabra tan fatigada que es *proletariado*. Para Castoriadis el proletariado no es una clase definida objetivamente por su situación en las relaciones de producción o mitológicamente por una misión histórica. «El proletariado se hace como tal y en su lucha cotidiana contra las relaciones de producción capitalistas. En este hacer del proletariado a través de la historia se produce un trato original de una capa explotada con las relaciones de producción y con el hecho mismo de la explotación.» Es decir que es en la actividad del proletariado, cotidiana o explosiva, donde se gesta el proyecto de una transformación radical de la institución de la sociedad y del curso de la historia. Está claro que el proletariado domesticado (modelo Comisiones Obreras) le molesta profundamente.

Enrique Vila-Matas
La Vanguardia, 25 de mayo de 1983

PATRICIA HIGHSMITH
no viviría con Ripley
«Odio a Agatha Christie y también al sucio de Raymond Chandler»

Ha llegado a Barcelona precedida de cierta fama de solitaria, rara y poco habladora. Añádase a esto el placer del crimen que emiten sus novelas para que se comprenda mi estado de profunda pereza cósmica momentos antes de encontrarme con ella y descubrir que es una mujer extraordinariamente comunicativa, cuya rareza, si es que existe, resulta exquisita.

Patricia Highsmith es la autora de obras tan dispares como *Extraños en un tren* (Anagrama), *A pleno sol* (Anagrama), *A merced del viento* (Planeta), *El diario de Edith* (Alfaguara) y *El amigo americano* (Anagrama). Pese a que su obra escapa abiertamente de cualquier encasillamiento, muchos se empeñan en encuadrarla en el género de la novela policíaca. En el Festival de Cine de San Sebastián ha participado en una mesa redonda sobre el tema. He empezado por preguntarle si no le fastidia que la encuadren en un género al que, a todas luces, no pertenece:

—Ya estoy acostumbrada. Antes me situaban en el género de la novela de misterio cuando a mí el misterio me importa bien poco. Es más, procuro ser muy clara a la hora de escribir. Tampoco me interesa nada todo eso de la novela policíaca. Odio a Agatha Christie, por ejemplo. Y también al sucio de Chandler. Pero el editor Herralde fue tan persuasivo como amable al invitarme a San Sebastián y no me arrepiento de haber ido, porque es una ciudad maravillosa.

La fascinación europea

Raymond Chandler participó en el guion cinematográfico de *Extraños en un tren*. Le pregunto cuáles fueron sus relaciones con él:

—A Chandler no le vi nunca. Solo sé que encontraba estúpida mi novela y que se obstinó en eliminar el segundo asesinato. En realidad, era Hitchcock el único interesado en mi historia y no quedó satisfecho del resultado final, culpando siempre a Chandler de tanta chapuza.

Me interesa saber en qué momento dejó su Tejas natal para establecerse en Europa:

—A los seis años fui a vivir a Nueva York, donde cursé mis estudios. Cerca de los treinta años, tras el éxito comercial de *Extraños en un tren* decidí viajar a Europa. Quedé fascinada. Viena, Londres. Roma, París. Al regreso de mi viaje, decidí que me instalaría definitivamente en Europa, y así lo hice. Dos años después, repetí el viaje y desde entonces vivo aquí. En realidad, soy como uno de esos personajes de Henry James, esos americanos que viajaban a Europa y creían que habían visto el paraíso.

Me intereso por sus métodos de trabajo y, tras una larga y detallada explicación, hace un sucinto resumen de lo dicho:

—En definitiva, escribo cuando me apetece. Cuatro horas al día ya me parece mucho. Siempre escribo novelas sabiendo lo que va a suceder, especialmente si el final será feliz o desdichado. Y escribo básicamente para divertirme. Creo que eso es todo.

Recientemente, su *Diario de Edith* ha sido trasladado al cine y presentado al Festival de Venecia:

—No está mal la película, pero han distorsionado las relaciones entre padre e hijo, que en el film son violentas cuando en mi novela creo que son mucho más sutiles.

Los hombres, las mujeres y la libertad

Tiene un libro radicalmente misógino (*Little Tales of Misoginy*), no traducido en España:

—Me salió muy misógino, por culpa de mi editor, que me instaba a escribir cada vez con mayor crueldad sobre las mujeres. Pero pienso que todo el libro fue como una broma. Podría también decir cosas gravísimas sobre los hombres, aunque estos me parecen unos seres más libres y tal vez más complejos. Los hombres están normalmente obsesionados por una idea, por hacer algo. Por eso suelen ser los protagonistas de mis novelas. Las mujeres, por lo general, tienen menos fuerza. Al término de mi libro sobre la misoginia las retraté a fondo. Hablé de una de esas mujeres extraordinariamente perfeccionistas que se pasan el día cocinando y limpiando. Maniáticas, con obsesiones tontas. Sí, tal vez sea algo misógina, aunque ya le digo que mi libro sobre las mujeres fue básicamente una broma de buen gusto.

Le hablo del extraordinario éxito de *El amigo americano*, en su versión cinematográfica:

—Creo que donde más ha gustado ha sido precisamente aquí en España, sobre todo en Madrid. Debe de ser porque la primera parte de la película es caótica. No se entiende nada, lo que a mí me parece magnífico, tanto como el que Dennis Hopper no recuerde en nada a Ripley. Jamás lo imaginé con tejanos y tan grosero. Cuando vi a ese Ripley tan poco sofisticado, me reí un buen rato. De Wenders lo que me gustó fue su creatividad, el que traicionara con tanto desparpajo e ingenio mi libro.

El día que encontró a Ripley

Le pregunto por Ripley, quiero saber si le gustaría vivir con él:

—No, ni pensarlo. No hace mucho, estaba yo en la terraza de un hotel de Positano cuando vi a un hombre que era idéntico a Ripley. Era de noche y se paseaba por debajo de mi habitación, como si tuviera la intención de subir. Dos días después, también de noche, vi que Ripley seguía apostado allí, debajo de mi terraza. Me aterré francamente. Ese hombre cada vez se parecía más a Ripley y tuve la impresión de que mi padre lo había contratado en Tejas para que viajara a Europa y tratara de convencerme de que debía volver a los Estados Unidos. Abandoné Positano aquella misma noche.

Con todo, Ripley le cae a veces muy simpático:

—Comete más errores de lo que la gente piensa. Tiene muchos defectos, y de nada serviría que yo tratara de ayudarle. Confío en que continúe ahí apostado bajo mi terraza de

Positano y en que no se decida a viajar a ese pueblo suizo donde vivo tan feliz, solitaria como siempre, en compañía de mis dos gatos siameses.

Enrique Vila-Matas
La Vanguardia, jueves 22 de septiembre de 1983

RECUERDOS INVENTADOS

1

Recuerdo que en mi viaje a las Azores entré en el Peter's Bar de Horta, un café frecuentado por los balleneros, cerca del club náutico: algo intermedio entre una taberna, lugar de encuentro, agencia de información y oficina postal. El Peter's ha terminado por ser el destinatario de mensajes precarios y venturosos que de otra forma no tendrían otra dirección. Del tablón de madera del Peter's penden notas, telegramas, cartas a la espera de que alguien venga a reclamarlas. En ese tablón encontré yo una misteriosa sucesión de notas, de mensajes, de voces que parecían guardar una estrecha relación entre ellas por proceder del mundo de los pequeños equívocos sin importancia de Antonio Tabucchi: voces que parecían homenajearle viajando en común, viajando en una caravana imaginaria de recuerdos inventados: voces traídas por algo, imposible decir por qué. Pero a las que no dudo en convocar aquí de nuevo.

2

Voy delante de esa expedición que todos hemos soñado alguna vez y, entre mis recuerdos, está el haberle oído decir al escritor italiano Antonio Tabucchi que en cierta medida la literatura es como el mensaje de la botella (o como lo mensajes de este tablón de taberna), pues también depende de un receptor, ya que, así como sabemos que alguien, una persona indefinida, leerá nuestro mensaje de náufragos, también sabemos que alguien leerá nuestro escrito literario, un alguien que más que destinatario será cómplice, en la medida en que habrá de ser él quien le confiera sentido a lo escrito.

Eso es lo que permite que cada mensaje tenga siempre añadidos, nuevos significados; que los mensajes crezcan, cobren resonancia. Y eso es, precisamente, lo extraño y fascinante de la literatura: el hecho de que no sea un organismo estático sino algo que en cada lectura sufre mutaciones, algo que constantemente se modifica.

3

Tengo que añadir algo al mensaje del conductor de esta caravana: lo importante es que de todo quede siempre algo. Cuando yo me llamaba Carlos Drummond de Andrade escribí este verso: «A veces un pitillo, a veces un ratón». Lo importante es que de todo quede siempre algo, pues por minúscula que sea la llama que reste tal vez alguien pueda recogerla para encontrar otra cosa.

4

Fuego. Deseo quemar este triste tablón. Será la venganza de quien recuerda haberse pasado la vida buscando en vano, al igual que Borges en un poema sobre el tigre, el otro tigre. Más allá de las palabras, yo anduve siempre buscando el otro tigre, el que se halla en la selva y no en el verso. Mi vida, a causa de esto, bien arruinada quedó. Fuego.

5

Solo recuerdo haber escuchado a muchos hombres jurar por la vida, pero nadie sabe qué es la vida en realidad.

6

Recuerdo haber siempre pensado que la propia vida no existe por sí misma, pues si no se narra, si no se cuenta, esa vida es apenas algo que transcurre, pero nada más. Para comprender a la vida hay que contarla, aun cuando solo sea a uno mismo. Eso no significa que la narración permita una comprensión cabal, puesto que de hecho quedan siempre vacíos que la narración no cubre, pese a las suturas o los remedios que intenta aplicar. Por ese motivo es por el que la narración restituye la vida solo de forma fragmentaria.

7

Me llamo Sergio Pitol y pienso, cuando leo a este Tabucchi del que aquí tanto se habla, en ciertos paisajes de la pintura metafísica italiana en que todo es muy nítido, muy exacto, muy certero, y al mismo tiempo definitivamente irreal.

8

Yo fui la sombra de Tabucchi. En otro tiempo me atrajo la idea de convertirme en una mirada fuera de mí: estar fuera de mí y mirar. Como hacía Pessoa. Convertirme, pues, en un fantasma, en una manera de ver, en una mirada ajena. Como Tabucchi, que fue la sombra de Pessoa, ahora, cuando recuerdo aquellos días, me viene a la memoria aquello que de sí mismo decía Pepe Bergamín: «Solo soooy una sooombra».

9

Como nada memorable me había sucedido en la vida, yo antes era un hombre sin apenas biografía. Hasta que opté por inventarme una. Me refugié en el universo de varios escritores y forjé, con recuerdos de personas que veía relacionadas con sus libros o imaginaciones, una memoria personal y una nueva identidad. Consideré como propios los recuerdos de otros, y así es como hoy en día puedo presumir de haber tenido vida. Después de todo, ¿no es lo que hace todo el mundo? Mi vida no es más que una biografía como la de todos, construida a base de recuerdos inventados.

10

No quiero fechas. Que no pongan inscripciones en la lápida, lo ruego, solo el nombre, pero no Ettore, sino el nombre con el que firmo esta carta y que no es otro que Giosefine.

11

Como las ballenas del mundo de Porto Pim, me comunico desde distancias ilimitadas, con mensajes desesperados como el de esta Giosefine, como todos los mensajes que penden de este tablón... Observo mucho a los hombres, los veo siempre muy ajetreados. A veces cantan, pero solo para ellos, y su canto no es un reclamo sino una forma de lamento desgarrador. Cuando se cansan y cae la noche sobre estas pequeñas islas, se alejan deslizándose en silencio, y es evidente que están tristes.

12

Si recuerdo que soy Pessoa entonces solo me quedan ganas de decir que estoy dividido entre la lealtad que debo al estanco de enfrente, como cosa real de lo exterior, y la sensación de que todo es sueño, como cosa real de lo interior.

13

Recuerdo los días que pasé leyendo, noche tras noche y antes del sueño, una historia de soledades en la que todo era desesperación y, paradójicamente, juego. Creo que es algo parecido a lo que les sucede a los mensajes de este tablón cuando cae la noche sobre ellos, sobre nosotros, y nos sentimos todos muy extraños y entonces reímos, como si jugáramos, perturbados.

14

«Soñaré la vida que más temen», recuerdo que dice esa joven que pretende perturbar la tranquilidad de su ciudad en el cuento «A City of Churches», de Donald Barthelme.

15

Recuerdo que fue por pura casualidad, en la calle, siendo yo muy joven, paseando por París, soñando vidas temidas y otros desasosiegos. Compré un librito que se llamaba *Bureau de tabac*. Aquella misma noche lo leí en el tren, regresando a Italia, volviendo a casa. Sentí una impresión muy fuerte y un deseo inmediato de aprender portugués.

16

En otros días viajaba mucho en tren y no era todo tan plácido como ahora que viajo en esta cálida caravana de sonrisas fugitivas y exaltación de lo disperso. En esos días recuerdo haber andado por tierras de fiebre y aventura. Recuerdo haber viajado a la India, que es el lugar ideal para perderse. Partí en busca de un amigo desaparecido, sombra de sombras del pasado más sellado. Bombay, Goa, Madrás me vieron pasar en busca del lado nocturno y oculto de las cosas. Pero para mí Oriente sigue siendo un lugar desconocido. Estuve allí, pero no entendí nada. Bárbaro en Asia, extranjero en mi propia tierra y, encima, sospechando que el universo es una prisión de la que nunca, nunca se sale ni se saldrá jamás.

17

Yo me he escapado de un libro de Álvaro Mutis, pero sigo diciendo alguna de las cosas que allí me preguntaba: ¿quién convocó aquí a estos personajes? ¿De dónde son y hacia dónde los orienta el anónimo destino que los trae a desfilar frente a nosotros? ¿Se esfumarán algún día sus recuerdos inventados en la piadosa nada que a todos habrá de alojarnos?

18

Escapado voy del manicomio. De allí me escapé, sí. Y eso que lo pasaba bien escribiendo novelas en sus muros. Acompaño ahora con mi desgarrado vuelo esta expedición. Grito como una gaviota herida. Soy una gaviota. Soy aquella gaviota que espiaba al espía Spino en la línea misma del horizonte de un libro inolvidable. Dicen que estoy loca. Y es porque digo que el libro es inolvidable y sin embargo de él lo olvidé todo salvo el recuerdo de una frase, el recuerdo de una pregunta: «¿Qué está inventando su imaginación que se presenta como memoria?». Tan solo recuerdo esta frase del libro de este escritor de Pisa que da nombre a esta caravana que con paciencia sobrevuelo y protejo. Y, aunque grito y grito y soy la gaviota, no estoy loca.

19

Recuerdo que Valéry vino a verme una tarde a casa, después de comer, a buscarme para dar un paseo. Mientras yo me preparaba, tomó una hoja de mi papel y escribió:

Cuento
Había una vez un escritor ___ que escribía.
Valéry

20

Yo también me dedico a soñar la vida que más miedo les da. Yo también solo soy una sombra. Me llaman Xavier Janata Pinto. He acabado la jornada; dejo Europa. El aire marino me quemará los pulmones, los climas perdidos me broncearán. Nadar, segar la hierba, cazar y, sobre todo, fumar; beber licores fuertes como metales en ebullición... Volveré con miembros de hierro, piel oscura y ojo furioso, y, por la máscara, se me creerá de una raza fuerte. Tendré oro: seré un ser ocioso y brutal. Las mujeres cuidan a esos feroces lisiados de vuelta de los países cálidos...

21

Recuerdo haber sido el barman que en Lisboa inventó el *cocktail* Janelas Verdes Dream, pero yo diría que también fui el personaje que, a costa de inventarse un pasado como en un juego de ilusionismo en el que se ejercitara el estilo, llega a la escritura. Se trataba, si no recuerdo mal, de un personaje marginado, que intentaba decir que existía, y lo que hacía era decirlo a través de la escritura, reconstruyendo y hasta inventando una identidad que nunca tuvo pero que se hacía cierta una vez escrita: pues el personaje no pedía la palabra, sino que la tomaba y lo hacía escribiendo, inventando su propia historia.

22

Tomo la palabra para decir que me acuerdo de Emil Zatopek, y que también me acuerdo de Georges Perec, que escribió un libro que se titulaba *Je me souviens* y en el que ninguno de los recuerdos era inventado.

23

Soy la Muerte, que me acerco muy despacio. Soy la última pasajera de esta caravana y el Ángel Negro que a todos nos aguarda al término del viaje que aquí termina. Soy un fantasma bajo el cielo nocturno de un litoral atlántico, frente a una vieja casa que se llamaba Sâo José da Guía y que ya no existe. Recibo como fantasma muchas historias, pero transmito pocas, lo confieso, pues la mayor parte del tiempo la paso escuchando e intentando descifrar todas esas comunicaciones a menudo algo oscuras e inconexas que se interfieren en el normal avance de la lectura de los mensajes de este tablón de madera.

24

Trágico y raro, aquí el verdadero último pasajero soy yo. Hoy es 11 de septiembre de 1891, y estamos frente al convento de la Esperanza, Ponta Delgada, isla de San Miguel, Azores. Voy a poner fin a mi vida, y mis recuerdos los acogerá la piadosa nada que a todos habrá de alojarnos. Entre los hijos de un siglo maldito, yo también tomé asiento en la impía mesa, donde bajo la holgura gime la tristeza de un ansia impotente de infinito. Voy a decir adiós a todos frente a este mar, desde este banco y bajo el fresco muro del convento, donde hay un ancla azul sobre la última pared triste y encalada de mi vida.

25

Recuerdo que esto ya me sucedió en otra ocasión. Todos los invitados empezaban a irse. Y los que quedábamos no hacíamos más que hablar en voz cada vez más baja, sobre todo a medida que la luz se iba. Nadie encendía las lámparas. Yo, que fui la sombra de Tabucchi, hoy ya solo soy la sombra de mí mismo, aunque narrando puedo ser ya la sombra de cualquiera. Soy tu sombra. Y la sombra también, por ejemplo, de aquel que dijo: «Esa sucesión de sombras y difuntos que soy yo».

26

Yo me voy entre los últimos, tropezando con los muebles. Fui amigo de Roberto Arlt. Le recuerdo a Roberto una mañana en la que sus compañeros de trabajo le encontramos en la redacción del periódico con los pies sin zapatos sobre la mesa, llorando, los calcetines rotos. Tenía enfrente un vaso con una rosa mustia. Al preguntarle qué le sucedía, contestó: «pero ¿no ven la flor? ¿No se dan cuenta de que se está muriendo?».

27

Soy el 27. Soy un hombre de los años veinte: sigo esperando algo emocionante, bebidas fuertes, conversación animada, alegría, escritura brillante, intercambio de ideas sin inhibiciones, revolución. En otro tiempo yo escribía libros de relatos y en cada uno de estos libros había una, dos, tres ficciones que prefería a las otras, y, pese a que esas preferencias variaban cada día y a cada instante, llegó un día y un momento en que caprichosamente las fijé en una antología personal de invenciones recordadas que titulé *Recuerdos inventados.*

Índice

NMK*

* Una serie que acoge textos breves sobre asuntos variopintos con un juego como caprichoso hilo conductor: con cada título los autores aludirán a un número libre de argumentos (tres, veinte o cinco mil) alrededor del tema que elijan.

1. *Un brindis per Sant Martirià*, Albert Serra
1. *Un brindis por San Martiriano*, Albert Serra
2. *Artaud, cruz entre dos rostros*, Arnau Pons
3. *Mester de batería. La tríada en el texto*, Ce Santiago
8. *Ocho entrevistas inventadas*, Enrique Vila-Matas
9. *Nueve cantares para Yung Beef*, Manuela Buriel
66. *Seixanta-sis sinofosos*, Adrià Pujol Cruells

Esta primera edición de
Ocho entrevistas inventadas,
trigésimo sexto título de
H&O Editores, consta de 2.250 ejemplares
y se entregó a imprenta en Sant Esteve Sesrovires
el 3 de enero de 2024.

«Los editores editan, los escritores escriben.»

Enrique Murillo
Maestro de editores

Esta primera edición de
Ocho entrevistas inventadas,
trigésimo sexto título de
H&O Editores, consta de 2.250 ejemplares
y se entregó a imprenta en Sant Esteve Sesrovires
el 3 de enero de 2024.

«Los editores editan, los escritores escriben.»

Enrique Murillo
Maestro de editores